JN252238

李正子
Lee Jungia

彷徨夢幻

影書房

彷徨夢幻

目次

短歌 1

序章　白い氾濫

魔界よりふきこぼれくる霧の波廃墟の茶店《カフェ》をひといきに呑む

忍びいる霧の潮に逆らえぬ万物ましろに塗り込められて

天空に木々わき上がり速度もつ霧にながされる　二人のこえは

ひとり去りまたひとり去り夕霧にとじこめられて白魔の高原

富士山が見える日のある高原に鬩《せめ》ぎあうのか白い魔女たち

魔界より逃れてたどるカフェの灯ひとは明るさに群れて生きるもの

珈琲カップにかざす両《もろ》の手ぬくみもつ青山高原しろい氾濫

妖しさのしろい微笑よきのう今日霧雨がいざなう廃墟の淵へ

白い闇白い首すじ迷路しろい　このまま墜ちてゆきたい果てまで

白秋の乾霧の黄昏星しめる気配にゆれて濡れるcurtain

1　罪と毒

いつしらに罪毒偽善裡にもつ簡単なのね墜ちてゆくのは

コートの裡へ着込むいくつかの罪と毒そしらぬ顔で歩む街角

二重に巻き三重にまいてはもてあますもうひとりの私ケラケラ笑う

悪女になれず善女に遠くただ半端歳月《セウォル》が皮膚の下くぐりゆく

戦う女など言うのは誰なのスーパーの半額ばかり伸ばしてる手を

「在日」っていつも行き止まりカナシイナ　そろそろやめたいよ　人間

あたためてカモミールティーのなお寂し韓流ドラマは恋々《れんれん》未練

明かり窓ゆ玄冬素雪忍びこむいつだったかしら未生以前の目覚め

ひとすじにのぼる煙が美しいためこんだ毒に火を放ちます

髪を梳くすきまに記憶こぼれてく片隅にねむったままで　眠り草

巻き髪のさきにひろがる空はもう昨日など消えて蝙蝠翳《かげ》る

ふくらんでながれて風がよぶ秋をわかちあうこずえの柿のおさな実

水溜まりの奥のぞきみる今過ぎし嵐雷風訪ねたく

夕野路を去り際ななめに這う雲の帯の映ろうバイオレットに

無表情な日時計三年だんまりで紅葉月めぐる明かり窓めぐる

ひとりの思いさぐる夜更けにきらめくは星のモノローグ宇宙のソナタ

雪萌えのような十字路声もてずふたり時間を止めて呼吸する

木に雪の花おもたげに咲く朝《あした》球根のありど確かめてみる

マフラーですっぽりくるんでくれた手は太く暖かな父の掌

首筋にのこるぬくとき掌を雪萌えの宵はうっすらなぞる

触れて須臾《しゆゆ》きえる水雪昨夜《よべ》のにおいながしてあの日のかけらがまじる

バーゲンのチラシ見ている三一節《サミルジョン》胸に消えないひとつ灯りが

涙なぜ湧くの　マイク手に父が語りし〈三一節史〉バスに充満す

†三一節《サミルジョン》　日本の植民地時代に独立を訴え丸腰の市民が起こした三一独立運動の犠牲者の鎮魂と平和への祈りを記念するもの。この時日本は軍隊を派遣し多くの死者を出した。

＊
＊
＊

参政権などそりゃ成りはしないって在日は透明人間のままが常にて

仙台より貸し切りバスで乗りつける新大久保に群れる女絵図面

繋がらぬ韓流ブームの淵に沈む一九一〇年のままの　在日

ブーム視るたびに空みる韓《ハン》流の渦のゆきさきは不時着不可視

いつまでも在日と呼び呼ばせてる百年不変の日本の恣意

在外選挙人登録申請通知書届くゆくえしれない地方参政権よ

ニュース始まりチャンネル変える引きずり下ろしたいネ政治家たちを

綾目なすイルミネーション街すぎて沈んだままの十字路さがす

2

秋黴雨《あきついり》

秋は微光微風美妙をからませて肩の微熱は去年《こぞ》の微香が

書きとめられぬすぎゆきに揺れて青む湖《うみ》湿りつつ胸をぬらすどこまで

夢に逢うキミはいつだって笑ってるいつだって俯いて本屋の隅で

世のものを疑いながらなに思ううすむらさきに傾斜する野菊

キミと辿った商店街が映ってるあそこで弁当買ったね　ふたつ

せいしゅんのすべてが詰まった六畳間意外にきれいキッチンの布巾

とめどなく九月の空にふる光わずかな手荷物下げて帰った

形見の傘無くして日がなテレビ見る嵐のゆくえ追うこともなく

書棚には韓国書籍並んだまま　読んでいたんだ古代史歴史書

木犀のかおり運んで風の向きどっちへ戦ぐあっちは昨日よ

朝《あした》より小糠雨吸いラディッシュの双葉萌色ベビーフェイスで

術のなく電車の窓を眺めてた横顔なぜか思い出されて

無気力なままに見上げる空にあわき虹が弧を描く空白のみそら

儒仏混合盂蘭盆に慣れて混合の祭祀《チェサ》の料理つくる黙して

くずれてはまた盛り上がる水のゆくえ私のゆくゆくえも気泡になるか

秋黴雨《あきついり》恋うは儚き夢いまだ眠ってるから　ひとつぶの葡萄

蘇ることなき種子は地の底に埋められてはながす子守歌

星屑につづく河原に月見草思わぬ速さね　秋が忍び来《く》

宵なおもつのる雨脚かきわけてあなたが鳴らすクラクション数秒

とくべつな夜よ意味のなき言葉拒否までしないただ目を閉じる

3　火をつけて秋

禾《のぎへん》に火をつけて秋　水燃ゆる魂燃えて燃えるよメモリー

禾に火をつけて秋　十年を合衆国は燃えきれないままです

禾に火をつけて秋　縊死ののち燃え切れぬまま秋は四度目

禾に火をつけて秋　鼓膜圧す再帰の呼気の再びはなき

禾に火をつけて秋　目隠しの透き間ゆゆれるひとすじの血潮

禾に火をつけて秋　雨燃ゆる罪は背《そびら》より目隠しをする

禾にひをつけて秋　夢燃ゆるどうぞわたしも一緒に燃やして

4　風の絵師

風の絵師いえ바람의《パラメ》 화공《ファゴン》俯いて澱んでは添う王朝文化のパラム

†風の図工（パラメ ファゴン）　図工は画家を意味する。
†パラム　風

絵に賭ける刹那ゆさざめく人生模様陽が射している何故ねむれない

無辜の愛相関哀に染められてそめて別離に山河沈黙す

海渡る一人の影のうら寂し揺れる小舟の行く先しらぬ

耐えることの儚さ強さ絵のなかの歴史に零す　ナミダいくすじ

絵のなかに見上げる女人の空のはてまなこを射してまっすぐ昇る

振り向くたび絵のなかの明日《あした》遠ざかる哲学あまし甘し言の葉

人生を賭けて耐え得たものもたぬ私は何を求めてきたの

さまよえば見知らぬ街の路地に沿う浮き草の池に鴨たわむれて

泳いでは潜る輪を描く鴨群れて音なく雨がふりはじめたり

最後まで信じることは美しいひとつふたつみっつ投げ捨ててきた

5　清道旗

清道旗《チョンドキ》をなびかせ楼車《だんじり》の胴幕に描かれている朝鮮通信使

†清道旗　朝鮮通信使の旗

三重県に残る唐人踊り信徒絵図四百年の呼気鮮けらし

通信使の出で立ち器楽音《ね》踊り絵が飛び出す町から町はずれまで

城下町を練り歩く清道旗確かに聴いた絵模様に樂
身の毒をぬぐう江戸中期に描かれし朝鮮通信使の Korean coller
群青色青色褪せて清道旗は墨色威厳わずかに保つ

釜山より日光までの楽隊の幻はてなき鳥瞰図に浮かぶ

韓流の華はいろいろ対舞《ついまい》の花美男子《コンミナン》いと紅き唇の冴え

江戸の華韓流の華四百年の群れ行き逢えば須臾《しゅゆ》交錯す

華ふたつ光と影蔭と過去花火が遊星にふるえてひかる

胴幕と知らず踏まれて倉庫の隅いつより増えたほころび無数

三メートルの胴幕掛けに犇《ひし》めくは六十余人通信使の行進

水に交じり風に傾いで流れくる歴史の白昼夢夕空に舞う

雨に重みます花枝にひびく史詩しずかに舞って去りゆく今日よ

6　アンニュイ

綾目なすイルミネーション街角に沈んだままの春みえ隠れ

アンニュイな午後微睡《まどろ》めばキミが泣く声　思いだせない幾つだったの

いろいろをくるんで私は雪達磨ウィンドーには春彩《はるいろ》スカーフ

立春の今日も低温注意報マイナス６℃に手足勝てない

白壁に薄様のこなゆき陽にきらう如月の化身軋みつつきらう

遠くにて響くクラクション聞きわけるアァと浮かび来約束ひとつ

旁らに君の温もりある夜は胸に海図の反照なみだつ

囀りの美《は》しき朝《あした》も青そらに脹らむかなしみ鏄鞁《ひびひび》日々

捜し物の中より不意に現れた五つのキミは祖母の膝の上

春陽ふる城の石段世の物を知らず笑みつつ抱かれていたり

母が編むセーター着ていた泣いていた夕暮れウルトラマンが欲しくて

幸せを編み込んだはずのセーターを着せることなく湖底に眠らす

走り書きはキミの受験日起床時間消せないままに二〇年過ぎた

色褪せる壁のマジックメモ帳をなぞってキミの日時計とする

力こめ檸檬しぼればむせびながら呑み込む春秋の涙を

靭帯をうっかり切ってしまった夜キミがいたなら背負ってくれたね

総身に十二月の陽あびながら枇杷の樹はふかい空に近づく

水底に沈んだままの声いくつすくいあげれば消えてゆく　朝が

論争になる近現代史ふたりには越せない波が打ち寄せくる

口角をすこし突き出す君の癖何時もの曲がり角で全開す

一八九四年日清戦争紐解けば疑心懐疑が膨らむばかり

†**日清戦争**　明治二七年朝鮮進出を政策とする日本と清国の戦争。一八九五年勝利した日本は清国と下関条約締結、朝鮮は日本に侵略された。

一八九五年すなわちに日露戦争の顚末になお満ちるは暗澹

†**日露戦争**　一九〇四年〜五年、日本と帝政ロシアとが満州・朝鮮の覇権を争った。

希望もて使命感もてよ道徳の先生みたい鼓膜は素通り

エッセイ　1

忍者の里との不思議な縁

四方を山に囲まれてすり鉢の底のようなところに伊賀市（旧上野市）はあります。ここから東京は遠い未知の首都ですが、意外な縁が隠されています。

本能寺の変の折、徳川家康は堺の町から三河へ帰るのに手勢三〇人という心細さでした。伊賀は信長に焼き討ちされ、同盟を結んでいた家康には敵陣の地です。そこで隠密に御斎峠を越えるのです。

御斎峠は甲賀との境にある青山幽谷の天然の要害です。この難所を無事三河へ帰還させたのが志能備、服部半蔵を頭領とする伊賀忍者一〇〇人余（諸説あり）でした。世に言う家康の神君伊賀越えです。神君は偉大な君主のことで、家康の尊称です。

随分前に峠を車で越えたのですが、途轍もない葛折りが続く険しさに、車酔いしました。小さな碑の前では闇を突き、逃げのびる一行の形相を思い浮かべてみます。伊賀は戦国大名をもたない特異な地です。

信長に殲滅された忍者たちは風と共に散り、各地で大名に仕えます。故に彼らにさまざまな名称がつけられました。家康は彼らを集結させて諜報活動に任じます。伊賀上野城城主、藤堂高虎は一三の城を手がけた築城の名人、今ならカリスマ建築士です。

家康から大阪城攻略の命を受け、高虎は近代的な防衛都市を築きます。石垣が西方に高い所以です。失敗すれば、共に籠城討ち死にする覚悟でした。城には忍びの井戸に抜け道が掘られます。高虎は関ヶ原の戦で勝利の端緒をつくり、次は江戸城築城の命を受けます。

東京には上野、向島、青山、赤坂など伊賀市の町名が残っています。半蔵門は、西門の警護に半蔵を頭に伊賀同心与力の屋敷があったところです。新宿大久保百人町でも一〇〇人の忍者鉄砲隊が警護に当たります。このとき、柘植町から躑躅苗を持ちこんだらしく、今に躑躅祭りになっています。

伊賀には服部姓が多く、これは機織りの意味です。服部町は染色用の植物が豊富で、古代朝鮮から織物職人が渡来しました。服部氏族からは能の創始者、名張の観阿弥に嫁いだ女人がおり、息子が世阿弥です。

観阿弥の母は楠木正成の姉妹とする、服部氏族上嶋旧家文書が発見されました。事実なら観阿弥は甥になり、伊賀流に大楠公の血筋が混じります。能は猿楽よりはじまり、旅の危険性から情報活動もこなす一座です。忍術変身術には猿楽師があります。不思議、つながっている？　町の世阿弥公園には末裔播州永富の系図である元鹿島建設会長から女人像が寄贈されています。でも立ち入り禁止！　帰るしかありません。残念！

突破軒猿伺見《のきざるうかがみ》黒脛巾組忍者の語彙におうは密室

＊黒脛巾組《くろはばきぐみ》：忍者集団者（伊達政宗創設）

＊各地の大名により忍者の呼称はさまざま。乱波《らんは》、郷談《きょうだん》、早道《はやみち》の者、奪口《だっこう》、物見《ものみ》、透波《すっぱ》など。

チマチョゴリのご真影？

一の宮とは、その地で最高の格式と由緒を持つものです。伊賀一の宮敢国神社の祖神は大彦命ですが、渡来人秦氏族が信仰する少彦名命の二神を合祀しています。また、藤堂家の鎮護神として崇拝されました。さらに服部宗家の氏神を祭る神社でもあって、とても多彩です。

黒党と称される忍者の祭祀は、長く途絶えていたものをイベントとして復活させたものです。映画などに登場する彼らは黒装束ですが、これは多分に後世の人びとのイメージしたものでしょう。

忍者屋敷では、観光客に忍者ショーの実演を見せます。くノ一は杏色や紫の衣装です。当時は実は柿色だったんですって。闇には紛れ、出血しても目立たず、また変幻自在に変装もしていたとか。

随分前にテレビの時事番組で、作家の金達寿氏とご一緒しました。その折に氏から敢国はカンコク、韓国とも読み、チマチョゴリの女人のご真影が奉納されていると聞きました。

エエ！　本当？　でもなぜ？　それから随分年月を経たある日に、未知のカメラマンと遭遇します。

彼は雑誌の取材で、神社の撮影を済ませた帰途でした。そこで、朝鮮女性のご真影のことを尋ねてみます。彼はご真影を撮影していました。でもここも非公開で神社の許可なくしては、誰も見られないのですよ。

神社の創建は七世紀、斉明天皇の御代です。彼女は天智天皇の母君ですね。中大兄皇子時代に百済救済のため、大和朝廷の援軍を送り出したときは、喪服姿だったとか。古代の皇族は、多く百済や新羅と深い関係があったのではないかしら。

それに秦一族とも縁があります。なかでも超有名人の秦河勝は、聖徳太子に仕え広隆寺を建立しています。伊賀にも居住していたとは意外です。一族は、さまざまな文化や技術を伝授しました。伝統工芸品の組紐や伊賀焼き、酒造、それからすでにお話した能なども。

秦をハタと読むのは바다、海や파단波旦（地名）、機織《はたおり》からだとする説がありま

すが、韓国語の古語がわからず、しばしば想像を巡らしています。

急な石段の両側を木々が生い茂る神社は、閑で格式ある美くしさ。ふと天理市の石上神宮を思い出します。

物部氏の武器庫だった神宮には、四世紀に百済から倭王へ七支刀が贈られました。祭祀用の鉄剣で像嵌銘文が六一文字施されています。

百済との濃密な関係を示す、現存する最古の文字史料です。

古代朝鮮と倭国、大和から伊賀へつながる一帯には、壮大な歴史物語がひそんでいるのですね。きっと国境を越えた熱いロマンスもあったはずよ。

楼車と巡る通信使残照

銀座通り、通りの両側にはぎっしりと露店が立ち並びます。

烏賊焼き、林檎飴、お好み焼き。いい匂いね。

あら、チヂミのお店があるわ。

威勢のいいお兄さんが焼いています。

上野天神秋祭り、ホコテンの風景です。

まず、百体の鬼行列が通りを練り歩きます。全国的にもこれは珍しく、国の無形文化財に指定されています。

花形は九基の楼車巡行です。児玉町の小蓑山楼車には、清道旗を掲げた朝鮮通信使を描いた幔幕が披露されます。四〇〇年程前のこれは韓流ブームですね。

津市の秋祭りには唐人踊りがくりだします。とんがり帽子に仮面をつけて、虎や豹柄のパジ（바지《パジ》：男性の用いるズボン状の袴。また、女性の下着）を穿き、神楽を舞い、

雅楽を奏でます。

鈴鹿市では、唐人踊りのほかに、山車の幔幕に通信使の絵図が描かれています。「朝鮮通信使行列図染絵幔幕」です。

鈴鹿市の絵図には「波に鼓図」が描かれ、これは類例がなく、大変珍しい貴重な図柄です。江戸で制作されているんです。

それを知ったのは二年前に、勝速日《かつはやひ》神社春季祭礼に出かけた折りです。ちょうど、山車の後片づけをしている町の男衆から聞きました。

なんでも町内会会長さんが一四年前に発見した胴幕、それが朝鮮通信使絵図でした。誰もが知らずに、足で踏んでいたんですって。

通信使一行を観るために、おそらく東海道沿いに見物に出かけたのでしょう。そして口コミで多分野に広まったと思われます。

鎖国化の日本で、人びとの大いなる関心を集めていたのね。

お礼もそこそこに会長さんを訪ねると、花の水遣りの最中です。

幔幕は現在、県無形文化財に指定されていて、鈴鹿市考古学博物館が保管しています。発見後に両市は、故辛基秀さんに鑑定を依頼し、初めて全容がわかったのです。

八月には市役所で公開されるので、会長さんに予約をお願いしました。公開日の見学者は七〇人程で、会長さんもご一緒です。全長七メートルの幕は、はじめの三メートルだけが見学を許可されます。マスクをかけて僅か五分ですよ。相当傷んでいていくつか穴が開き、眺めるにも気を遣います。

修復費に五〇〇〇万円はかかるため、財政的に困難だそうですが。釜山から日光までの半年におよぶ長い道中では、財政に関わる逸話がいろいろあります。

伊勢亀山城石川藩では、接待役を数回つとめて金庫が逼迫したそうです。幕府なら相当なものだったでしょうね。

灯りを点した楼車の通信使たちはしかし、そんな経緯に関わりなく晴れやかな情緒を醸し出します。

城下町の秋が終わろうとしていました。

＊二〇一六年一〇月、伊賀市の天神祭の楼車がユネスコ無形文化遺産に登録されました。他に四日市鳥出神社鯨船行事、桑名石取祭祭車行事があります。

短歌2

7　アメリカン瞑想

アメリカは一つだというそれだけで押し寄せてくる波動の輪唱

「アメリカを愛す」日々の怠惰に忍びこむ歴史が洞の透き間に墜ちる

有色人種の大統領再選になぜなの涙がひとすじ落ちて

在日は永久に在日この国の不変の砂塵四肢に降りつむ

＊　＊　＊

唐突にとどく英字の便り開く読めぬページに混じる日本語

コネチカット州ウエスリアン大学ゆ訪れたわたしの歌へ未知の便りが

在日の歌がどうして？　アメリカでオンラインに載って読まれていました

吾が歌が大学研究室教授会会報に掲載ってほんとう　これ

夢ならば届かぬはずとメールする教授の返信確かに読んだ

エデンの東、ダイヤモンドヘッド、野の百合を観しは一五の春休みもなか

何故かしら何時もひとりで観てたっけ　落ちる涙をぬぐって　隅っこ
Ivy lookだって似合う横顔斜めに過ぎ　すこし早足チラリ桜が
コットンパンツ、スリッポン靴《シューズ》ボタンダウン行き交っていたね春風のなか

腰覆う髪にリボン青《ブルー》ジーンズそんな六〇年代乱反射して

President Kennedy 焦がれて一枚のプロマイド掲げし朝は金曜日の夕

AM5衛星中継が映し出すオープンカーに頽《くずお》れる人

防弾幕使用禁止オープンカーに激しく乱れて谺するOh no!

63《ロクサン》年11《イチイチ》、22.jfk死すこれはジョークこれは……何!

振幅を繰り返し退く晩秋《おそあき》の風セーラー服のえりが震えた

移民より大統領を生みだしたアメリカ眩しなお蟀谷《こめかみ》に

いつの日の透き間にしのびこんでたアメリカの記憶かさねて開く今宵も

アメリカは唯それだけを記憶する遠ざかる日々を潜る影絵が

おもいでって命もってる中指をあわせて覗く幻あわし

アメリカゆ再びのたより会報にウェスリアン大学聳えつつ立つ

独立の先駆地 middle town 大学に歩みは継がれる歳月こえて

リベラルな都市の大学開かれる門扉かさね手に封印を

＊
＊
＊

眼醒めればヘイトスピーチ響《な》る怒号揺蕩《たゆたう》 현재《ヒョンジェ》 그리고《クリゴ》 과고《カゴ》 미래《ミレ》

† 현재《ヒョンジェ》 그리고《クリゴ》 과고《カゴ》 미래《ミレ》 現在そして
過去未来。

谺するヘイトスピーチ特権なんゾあるはずもない　慣れてるわこんな

強制連行でなければ免罪とする論理弱者のコーヒー今日もにがいよ

ひとり呑むビター珈琲にこころ措くここにわたしの音のなき声

揺蕩《たゆたう》はなにゆえ希など倦んでいたその日限りのブルース演奏

被害者理念絶える日はこぬこの国の紋章脱け殻渤海にしずんだ

いずくにもこの先のこる汲みつくせない冷気ひったり屈折しつつ

残響のさざ波反射音翳るひざしはらはら忘れ雪おおぞらに　綾

竹秋を風なびき十方《じっぽう》に乾霧たつ遠のくばかり三日前の記憶

瑕いくつ心象に這うまま添い寝するかそかな自由いつしか芽生える

地表這う霧のあしたを曇る窓ほのかな紅《くれない》映すカーテン

8　奪われて

小夜更けて募る雨音秋の音ひえびえ浸み来キミ眠る部屋に

あざやかにかえる微笑《ほほえみ》歳月がつむいでもろき邂逅の果て

雀鳩飛蝗《バッタ》の母子黄蝶飛ぶ曇り日にはずす午後の日時計

茎長きストック抱いて逢いにゆく彼岸の岸はいづくへ繋がる

彼岸此岸あわいにそよぐ眠り草ひとりの胸のおくふかき吐息

お辞儀するたびにさみしく眠り草なに呑みこんで深い沈黙

花言葉は敏感ふれるたび閉じる眠り草の純情が眠る

流されてゆくは母《オモニ》とキミの星夜の白雲隠してしまった

真一文字などいつしらなくして今更に旋回飛翔紆余曲折す

踏み散らしたいものあり花の純情の花びら一片　そしてわたくし

待つはさみし待つはひとすじ虹霓《こうげい》の須臾《しゅゆ》かげるなかほのか誰《た》がたつ

窓の辺を斜めに忍び来《く》月あかり森林公園梅咲くらしき

春彼岸ようよう弛む水の流れひと束菜の花夕べに浸す

菜花水にひたせば夜から朝にかえるゆめの狭間にエルフが笑う

雨あとを側枝《そばえ》が撓《たわ》む人の肩にふれてやわらか空間があり

雨におう野に胸郭を見送らむ葉先のしずくを言の葉にかえて

魚も泣くの？　今日までをよこたう川辺のながれる淵へ

四畳半に絶家の部屋は墨色の栞紐《スピン》かの日のままに閣《お》かれつ

わたくしでほろぶ家系図ポケットに白粉《おしろい》花の種さぐりつつ

韓流ドラマに疲れ窓辺にふりそそぐ光の渦をふたりであびて

和紙の皺のばしたようなジャケットは森林公園キミとゆくため

交わるは二度ともあらぬ風にのる木々の匂いにキミ奪われて

何時も一緒よ残された肩掛けバッグに書き記しては

ひとりゆく森林公園弁当をひろげたあたり飛び立つ　鳥が

雪のもなか黄水仙一本《ひともと》小米雪あな水雪が胸に散りしく

咽《のみど》ふかくしみこむかなしみ呼びかける真白きシクラメン露ひかりつつ

9　古代伽倻

金管伽倻銍知王古代の鉄器文化韓竈《からかま》の謎をたる夜更けに

島根にて韓竈神社ある不思議張りつめている沈黙の空は

想うまま戯れて古代に満ちる謎金管伽倻の王族絵姿

越後塩竈白雪羹《ペッソルギ》ありしことここに息づく古朝鮮の食

†백설기《ペッソルギ》　粳の粉の蒸し餅。

祝うため白雪羹には小豆栗黒豆蓬雪に舞うがに

遠のける歴史を越えてどきしは白雪羹祖母《ハルモニ》のレシピ

逢うことは遂になきまま白雪羹浮かびてふわりゆうべこなゆき

画のなかにふるゆき白磁の壺となり波の化身のさざ波そよぐ

明日のため耳通りすぎぬけてゆく風の息やわらかかすめて消えた

未知数の明日封じ込め振り返るたびに昨日が追いかけてくる

10
봉선화《ポンソナ》　鳳仙花

歌よむは初めてという未知の読者　乞われて咲いた『鳳仙花のうた』
三十年の年月を経て四版に咲く『鳳仙花のうた』永遠に恋しも

†鳳仙花《ポンソナ》　韓国最初の歌曲。日本からの独立を秘めた。

爪紅《つまべに》の少女はわたし暮れなずむ窓に映して踊りはじめる

manicure に真白きチョゴリ合わせては空の彼方に呼びかけて　また

ああキミに贈れなかった四版の鳳仙花のうた散るちる花片

三世四世二世が集うコンサート終曲は鳳仙花のうた　泣いてしまった

抵抗の歌が秘めもつかなしみよ美しきものは湖底にしずめむ

消えないで両手にくるむソプラノに私の声をひびかせてみる

大阪の夜景の浮かぶステージにひとすじ強まる十二弦の音は

緩めては憂いのはてに起ち上がる伽《カ》倻《ヤ》琴《グム》散《サン》調《チョ》なみたつまでに

チマ紅くチョゴリは青く伽倻琴を爪弾くゆびになだれる翳る

大阪の夜空遠空鳳仙花カーテンコールに起ち上がる思惟

伽倻琴の音色に顕つ陰最終列車春おそき慶州《キョンジュ》のプラットホームに

11　カーネーション

破られるためにあるのよ約束は果てなき空はさまようために

嵐より始まる五月かなしみに翼をつけて飛ばしてみたい

かなしみのふかさ翼の重たさに放てば戻り来《く》まぼろしの渦

物語のなかにあなたが靡かせる黄蝶の裳《チマ》がさざ波をなす

昔話をふたつ菫《すみれ》の咲くあしたお下げを編んでくれた指よ　オモニよ

†オモニ　母

得意げにカーネーションの花束を抱いて笑ってた母の日の朝

かなしすぎれば忘れてしまう命日は年ごと変わるカーネーション散る

昨夜《よべ》のゆめ濯ぐがに鎮める言の葉にまぶしすぎます朝の光は

窓際に片頬あずけ梅雨の間の霧を両手にひろげてみたり

病むたびに恋しくなって甘酒檸檬母の蒸し餅菊菜のチヂミ

さざ波はララバイ二人のウリマルを枕に眠る春風秋雨

†ウリマル　自国語

月滴破船にさして漕ぎだせば波状は月の視線のごとも

傷ふかき貝にふっくりくるまれて真珠は目をとず真白にゆれる

夕映えの波にゆだねる装いはつばささそよがす真珠いろのドレス

12　父の帽子

梅花藻《バイカモ》を見にゆこう米原醒ヶ井は父が捕らわれた未知の市街地

若き日の父の姿を想うなどできない　遺伝子に従い今日も明日も

飯場賃金闘争の果ての逃亡しくじった父を米原駅にさがす

暁の米原駅で官憲に捕縛されにき終《つい》の告白

賃金闘争繰り返しては囚われた　日本人優しかったってほんまなん？

トレンチコート長髪巻き毛伊達眼鏡父の写真がひかる小夜更け

のこされてトレンチコートにハンチング顎を覆えば夢迷い人

ああ今日は一緒ですねほころびを綴じて鳥打ち帽子でゆく町

チャコールグレーの鳥打ち帽子面影に秋黴雨《あきついり》の路地歩きつかれて

あなたの膝に眠っていたは祭祀《チェサ》の夜本当は目を開けていたよ少し

揺り動かすあなたの腕に目を閉じてこのままそっと眠ったふりして

おしゃべりな耳あり眠るたび膝であなたが唄っていた『他郷暮らし』

†他郷《タヒャン》暮らし《サリ》という歌の名前。

裸電球のひかりアボジのキスに眠る少女はどこへいったのですか

＊　＊　＊

きよらかな水にひらいてゆらめいてゆめをみている梅花藻の群れ

梅花藻の話にふたりの宵更けて再びみたびブラック珈琲

何も知らないあなたが誘う梅花藻の写真におとす涙をかくす

とおくなる背《そびら》に声を重ねては季節ひとつをみおくりかねて

13　変わらないんだ

みだれつつ咲くは秋桜紫苑野路菊バラック小窓に群を映して

朝鮮部落共同炊事場あったはいつ真新しき家並み小雨にたたずむ

新潟から消えたヨンスナ、マルチャ、ミラ誰《た》が住む　家々真新し

残菊はいつしか刈られひそひそ散るゆくあてはなき花の終焉

白鷺の浮かぶ水辺にすべらせて届けむこえを包《くる》む水泡

地球儀にゆめ追いし日の宙《そら》ゆ　いつよりか冬の寒色《さむいろ》覆いはじめる

右向きに吹く風速度ましてくるこの国何もかわっちゃいない

右向きになびくはむしろ若き世代近現代史埒外にして

成長なき子供のようネ国家っていずくの景もデジャービュ

この国に生まれて今更なにおもう生きて果てには思考停止す

風凪ぎて冬虹ゆるら弧をえがく北限ゆ凍りはじめるかなしみ

川三つながれあう町霧のまち深くさまよう声をながして

生温かき夕闇になれて呑む珈琲ダミー味に蘇る記憶

残り香に空空空虚からみあうキミもわたしも春を望まず

在日でなければなかった宿縁を問うため真紅き花を捧げる

空白を埋めるがに逝くという言葉水に落として二月はじまる

太陽を求めて枇杷の花みちる雪の冷気にしたたる滴
冬嵐吹くに辿るは夢の痕見知らぬ地図がありはしないか

エッセイ　2

韻律が刻むレクイエム

青葡萄　李陸史

わがふる里の七月は
葡萄の房の撓む季節
ふる里の伝説は一粒ごとに実を結んで
彼方の空の夢を映す
空の下の青海原は胸を開いて
白い帆船が滑りこむと
待ち人は帆船の旅に疲れた身に
青袍をまとって訪れるという
待ち人を迎え葡萄を摘めば

両手がしとど濡れるのも構わない
幼い者よ皆々の食卓に銀の皿
白い苧の白布を備えてごらん　（注＝苧《からむし》は모시《モシ》）

一面の青海原に青袍、青葡萄。そして白い帆船に白いナプキンが、とても物閑かです。風の透明な戦ぎさえ感じられる、風景の優しさ美しさ。

でもただ、静逸で美しいばかりの風景なのでしょうか。故郷や愛する人との再会を切なく待ち望む眼裡には、秘められたものがあるはずですね。

李《イ》陸史《ユッサ》の父君は、千元紙幣の肖像である、韓国儒学の父、李《イ》退渓《テゲ》の一三代目孫子です。彼もまた、時代の両班の末裔なのです。

日本には一九二四年に留学しています。この折に欧州の詩人達と交流します。帰国後は抗日結社に加盟し、次に北京へ向かいます。

上海では魯迅と出会い、やがて南京に開校した朝鮮軍事政治学校の一期生となります。こうした経緯から、髣髴として見えてくるものは、時代の嵐の中を駆け抜けてきた心模様です。

風景に託した彼の思いの襞を開いてみます。

私生活では二歳の長男と父、母と長兄を亡くします。

一九四三年、母と兄の初祭祀に帰国して検挙され、駐北京日本総領事館警察に押送、拘禁されました。縛られた手を差しのべ、三歳の娘の稚い指を固く握りしめて。

一九四四年、ついに北京の獄中で虐殺されるのです。逮捕は実に一七回におよんだとか。詩人尹東柱に先立つこと一年、待ち望んだ祖国解放は一年後でした。

こうして垂直な雄性の命は断たれました。大いなる思惟を抱く四〇歳の可能性は無残に毀されました。

本名は李源三。筆名이육사《イユッサ》†は囚人番号の二六四から名づけたものです。彼の拠はなにより詩作だったのでした。

出身地の安東《アンドン》は、作家立原正秋〈金胤圭〉の故郷でもありますね。ここに海はありません。そう、彼の言う海とは原文の고장、民族そのものでしょう。帆船で訪れる待ち人とは明日の祖国、고장《コチャン》（地元）なのです。

解放の日を夢見て、にぎやかな祝宴やお喋りなど待っていたはずなのに。

詩はどこかの獄中で記したものかもしれません。暗喩で綴られた魂の深みへ思わず涙を零しました。

詩人李陸史の凄まじいまでの息の緒が、近代史の波間に揺れるたびに私も揺れます。ハングルで紐解けば、韻律の漣は鎮魂歌となって耳に点ります。いつまでも。

†李陸史／이육사：本名・李源三。独立運動家。詩人。日本・中国に留学する。

追憶は歳月に流されて

高校時代は教会の英語塾に通っていました。それが宣教師さんに手招きされて、いつの間にか聖書を学ぶことに。それも両親の強い反対で、いつの間にか遠ざかってしまいました。

でも一度だけ、降誕祭のミサに出ました。アメリカ人の神父さんと修道女さんが二人、たどたどしい日本語で導いてくれます。

ミサは真夜中からはじまり、賛美歌を歌います。終わると神父さんが、信者一人ずつの口に麺麭と葡萄酒を入れてくれます。信者ではない私には祝福の言葉でした。

当時、チャールトン・ヘストン主演の米国映画『十戒』を三度ほど観ていて、紅海の海割れや未知なるアメリカに惹かれていました。教会の雰囲気に多分重ねていたのね。

三年後にクリスチャンGさんとの出会いがあって、外人墓地へ誘われたんです。

教会に通ってたけれどまったく知らなくて。一面に芝が植えられています。キリスト様の像、マリア様の像が佇み、まわりにいくつかの十字架が夕日を浴びていました。

彼には韓国人だと話していたのですが、とくに気にする様子がありません。二十歳だったかしら。

チマ・チョゴリのままで会います。父母の眼に怯えながら。

見るや否や彼が一言。「何や嫌やなあ」

チョゴリのことなん？　それはつまり、私を指しているのね。

想いが一度に頽れます。

やがて、彼が婚約したことを知るのです。臍を噛む思いに苛まれ、季節が無為に通り過ぎてゆきます。

三〇年ぶり、いえもっと？　突然彼が訪ねてきました。

「李さんと呼ばなあかんな」ポツリ言いました。

教会は、今は日本人の牧師さん一人だとか。

牧師さんからたびたび、韓国教会の社会活動の盛んなさまを聞いていて、その話に感化されます。それで男の子を養子縁組みしたんですって。

三人の娘さんともども、一家がそろって洗礼を受けたこと。息子さんが高校を卒業して家を離れること。そして韓国の話のたびに私を思い出し、詫びたいと願い続けて今日来たことなども話すのです。

そんな旧い話とっくに時効やわ。

四人のお父さん！　街はイルミネーションの綾目が舞います。

花屋さんをのぞくと、ポインセチアが囁きました。買ってくれる？　わかったわ。一緒に帰ろうね。

歳晩を吹雪く街角ポインセチアはわたしに買われたくて真っ赤ね
羅《うすぎぬ》のうすむらさきのチマチョゴリＣｈｒｉｓｔｍａｓの星を纏わせて逢う
正子

人は努力して忘れられるものでしょうか。いえ、歳月の襞が追憶を包んでは果てしなく流すのです。

今を生かすために。閑かにゆっくり。

旅立った父のメモリー

親を見送るときには不思議なことがありますね。今も昨日のように蘇る夢です。海草のように揺れ動く青葉のうえを、父がふわりふわり彷徨っています。呼べどもふりむかず、やがて松の木が立つ見知らぬ山門へ吸い込まれました。追いかける私になぜか、山門が開きません。

父が六月ごとに持ってくるのは、まっ赤な薔薇です。その日、私はこの薔薇を残したいと思うのです。「今は花季だから根づかへん、秋に植えるから」「ウン」と私。でも翌日、根こそぎ引き抜いた薔薇を抱いてきました。暑い暑い夏でした。空梅雨で池の水が干上がりました。移植した薔薇に水を連日注いでも枯れるばかりです。諦めて放っておいたのですが、七月初めに芽を出したのです。

「来年は綺麗に咲くなァ」父にはしかし、それを目にする日は来ませんでした。案じさせまいと、末期癌を秘し、呆気なく八月の風に乗って逝きました。

墓所を持たないため、葬儀には混乱しました。葬儀社のYさんが当時は珍しい携帯で、M寺に話をつけてくれます。そうして訪れたお寺の山門に松の木が闇に佇んでいました。ええ、夢に見た松なのでした。信じていただけますか？　このお話。

翌る年の薔薇の花が終わるころ、Yさんから、父のお供えに枇杷をいただきます。私は薔薇の側に枇杷の種を埋めます。理由などない単なる思いつきが、一年後に芽吹かせました。枇杷はどんどん伸びて木陰をつくります。

沈丁花は陽が当たらず黄ばみ、薔薇は葉を落とします。一〇年後に枇杷は、突然に葉陰から円らな顔を無数にのぞかせました。

冬が来ると温突《オンドル》部屋では、父がよくいろいろな漢詩を唱えるのです。暗い村の夜を流れる一筋の韻律、その未知なる音色は幼い蝸牛殻に閑かに忍び込むのでした。

「風は手がなくても木々を揺するだろう」

枇杷の葉が風に揺れ一面に散りしく朝に口ずさむフレーズです。風は宙に身を委ね、無心に思いを運びます。泡立つような花を掲げ、枇杷は冬の梢を覆います。色褪せても薔薇は咲き続けるのです。強いですね、あるがままって。

旅立つあなたの足下で彷徨っていた青葉は、もしや枇杷の葉ではなかったのかしら？　薔薇の季節は忘れてええ。もう好きに生きたらええ。風の戦ぎはあなたの声やね。そうやね。

三姉妹の末娘はとても愛されたけれど、自由もまたなくて、門限は年中五時でしたね。甘くて辛いあなたにいつだってまったく逆らえなかったのでした。でも門限がある季が娘さんは華季よ。

これはそう、一世と二世をつないだ時代の甘辛あい記憶なのでした。

短歌3

14　ゆめの通い路

ひとり夜の部屋にあなたの留守電が　風雨のうねりの楽が響《とよ》もす

かなしみを染めてストール韓紅《からくれない》纏えば恣意はからくれないに萌ゆ

かなしみの滸《ほとり》にちらす肺腑より韓紅がちらす花吹雪

耳さえて赤き血潮の渦巻きの揮発するまでゆれる数秒

ゆれながら昨日も今日も四方《よもう》より五感にきざす水流があり

身を低くして近づくに水底ゆ喚ぶ眼差しに頽《くずお》れてゆく

眩しさにうつむく午後の草叢《くさむら》にひたすら戦ぐひかりにむいて

俯くは額髪《ぬかがみ》に花の咲く気配みえぬ幸にも輪郭があり

昨日さえ壊れて散ってゆくえ知らず綴じあわせまたほどく薄紙

가《カ》시《シ》나《ナ》무《ム》の数多の棘に射貫かれて背《そびら》がもえる夕日を負って

†가《カ》시《シ》나《ナ》무《ム》　野いばら

蟀谷《こめかみ》を刺す棘があり가《カ》시《シ》나《ナ》무《ム》のごとも野にあるままの邂逅

倒れたときのありしにさきのこる花の小枝を身代わりにする

いちにんに倒れたき日モノグローム斜めに風の小径をすぎて

風の路にゆきかう記憶かぎりなし二つひらいてひとつをとじる

ひたすらに歩めば未知の果てなさに迷いこむのよまよいこみたい

森深く辿れば鳥の恋歌を絹糸からめ真似て　背の人

視線あわせ鳥語をはなす少年にかわるあなたの真空地帯

歳月を積んで邂逅の意味たどるもう還らない場面《シーン》ちりしく

育むもの護るものなき透き間にてひたすら翼は旋回飛翔

直向きなんていつの日のこと今更に旋回飛翔の紆余曲折は

靱帯を切って誕生日《バースデイ》の宵闇にあなたがくれた小豆粥あまく

この夜半の冷えもつあめに銀髪のゆるやかカール揺れて匂うよ

待ちながら四肢の先まで春の鬱しめるおちこち沈丁花におう

恒星のひかりのような譜を聴くよカールがそよぐいつもの旁ら

ほのかにおう花の輪唱純情の散る花びらよ耳朶ふるえつつ

ぬけだせぬ夜のふかみに響動《とよも》して遠き川岸ゆれる過去あり

はじめからもたぬ純情さがしあぐね荒野どこまでも荒野としるのみ

逢うことなどなき人次々微笑する縺《もっ》れつつ追う夢のかけらを

どうしてもたどれぬ夢の通い路におさげの少女が扉をたたく

回路もしあるなら戻るかもしれず川岸に前志湿らせてまつ

あおむけば涙のかえるひとところ幸信《さいわい》じた日よ綾目なす

15　銀河群

霾《つちふる》がつげる真昼の暴力の美《は》しきもなかに墜ちてゆく陽が

大陸が匂うね逢うたび言う人に今日のシナプス鎖骨より抜く

ひとすじのシナプス卵《らん》に埋め込めば細き羽毛がそよぎはじめる

昨日今日ふりむくたびに画のなかの明日はしずけき哲学をもつ

傘とじて傾くみ空みあげれば風吹くかなた明日が来ている

み空より木蓮の花片《はなびら》春闌《た》ける深みに濯ぐ冬の衣を

風ふるえなお鎮まらぬ花夢幻縦横に舞う未知の宙にまう

夕べ恋しく水キムチの匂い母が頭《た》つ人参大根韮きざんでは

にぎりしめてまたひらくゆび面影を声を掬いぬ　声なき家族

山桜山藤野茨野辺にみち薄墨色のけむる帯なびく

五月さみしひかりがさみしサングラスかけてたたみぬ昨日が遠い

「千の風になって」ウリマルのひとり旅　彼方のキミは無言ままで

膝かかえ酔余の耳に百鳥《ももどり》が死後をささやく迷路を指して

砂塵さえ私語しておちこち乱れ散るたとえば豚舎の消えたバラック

豚の餌探してリヤカー押して歩く君映す影小学二年生だった

ましろのもの乞うはましろに遠き身の皸《ひび》にすみずみしみこませむか

交差して三年五年昨日さえ間遠にひかるともしびならむ

くれないのおびがひとすじ曳く空に鳥の化身と思う影絵は

くれないの帯より生れて銀河群さざなみ粒子しずんで浮いて

16 大和まほろば

さみどりのかぜの五月の奥処《おくところ》人うつくしく薄茶を点ていつ

はつなつのくちづけひたりうつし見にしみいる薄茶匂う麹塵《きくじん》

所作に従う指のしなやさ盗み見る茶室空間玉響《たまゆら》濃緑《こみどり》

萌黄襲《もえぎかさね》にかすむ山肌はるかには大和そらみつかすむまぼろし

両《もう》うでに青葉かさねて山蕗をさぐりつつ摘む野の隅陰《くまかげ》に

なめらかな水のしずくに心解く落ちてうららな間奏なりき

手のひらを押してひとすじひかる水日溜まりリズム閑かに浸みる

ひかりにも傷みあるがに夕べには揺れて旋律草木《そうもく》覆う

またの日を風のゆらぎに点滅す旅路の果ての星のまばたき

裡に墜ちたままのメモリーはなびらの渇きにいつまで指這わせいつ

こもごもに緑ひたぶる息の緒をうけてそびらに五月の残影

17　ヤクザだね　ワタシって

チョーセンジン！　野次る男を土下座させたあの日のヤクザは私の遠吠

泣きながら土下座したのは怯えから理解に遠し男三人《みたり》には

県庁にて国籍条項撤廃を知事に告発指紋拒否も意味なき

理解には繋がらぬをやがて知ってより肩の力は抜け出た風神

ヘイトスピーチいえヘイトクライム谺する少女の夏を揺るがせて過ぐ

報道の嘘を知りつつこの夜も画面の余白に沈める歴史

太陽斜めにさえぎる群れよこの国の歴史観永遠の普遍に墜ちる

蒼穹の深みをくぐり蜩《ひぐらし》が秋を告げいつふるえる声で

＊
＊
＊

百合のつぼみ葉陰《はがくれ》影法師ああ夏はもう閉じるのね蜩ほそく

朝鮮部落共同炊事場あったのは何時だったの閑かな家並み

ぬれるほどしずかに雨の発酵し浸みくる水位さかのぼるまで

風凪て冬虹ゆるらに弧を描く北限のかなしみ凍りそめたり

水鳥の母子が羽音ひびかせて一度限りの和音ましろき

エッセイ 3

どこに？　私の古里よ

電話は短歌教室の会場をお借りしている公民館と、二つの大学のM先生、Y先生からです。先生方は中旬に私を訪ねたいと言います。

多文化共生研究者で、六〇年代の在日の足跡を訪ねているんです。私が思春期から、青春期のど真ん中の時代ですね。とくにお話はありませんが。

歌集を読みましたよ。ぜひ聞かせて下さい。

M先生は、父と闇市の話をご存じでした。

実は、お正月に息子と天神様に出かけたばかりです。二年前、神社は火災で焼失し、再建中で変色した賽銭箱だけが残っています。神社の傍らには天神商店街があります。ここは、父が戦後に在日の失業対策のために築いた、闇市の現在の姿です。

そう知ったのは、地元の小学校の先生が何度も父を訪ねて、証言を聞き取りにきたからです。私も随分前から聞き取ろうとしたのですが、頑固に口を閉ざし続けます。それがなぜか、急に話すと言うので同席しました。

一九歳で渡日し、下関港湾作業員や大分県の梨園で無給で働いたこと。そして、飯場で働くうちに賃金闘争活動をしたこと。日本人よりとても安かったんですね。弁が立ったので、日本人の親方に勝つと、安賃金で働く同胞たちの飯場に、次々請われました。そこでも勝ち続けて、指名手配されます。そして夜の米原駅で、見張りの官憲に逮捕、投獄されました。

父はしかし、日本の警察は優しかったとしか言いません。信じてませんけれどね。戦時中は上野市で、軍用飛行場の建設現場の副監督でした。正監督は日本人というのが規則で、解放後、名古屋でリンチされ亡くなったとか。

闇市の出店は在日がほとんどで、出店料はなしに。やがて銀座通りにパチンコ屋ができ、家を新築する人も現れました。

六〇年代はまだ同胞集落で寄りあい、民団事務所には活気があり、冠婚葬祭でも連帯していました。商店街となってから日本人が店を構え、同胞の店は僅かになります。高校生のころは、下校時に母と仲良しの同胞の洋品屋さんで、よく待ち合わせてましたが。

父の死は証言の半年後で、末期癌でした。癌を隠していたんです。

同胞の葬儀では必ず撥鞨祭《パリンチェ》を唱え、出棺を見送っていた父に、既に唱えてくれる人は誰もいません。必死で天王寺の統国寺に撥鞨祭を教わり、何とか出棺を送りました。

天神商店街、見に行きますよ。先生は受話器から応えます。

思春期から、古里はあるのかしら？　そんな思いに彷徨い続けていました。この世に私の古里があるのなら、それは父の生き様と母の暮らし向きの内にあります。

二人の娘であることが、私には唯一の古里なのでしょう。

梅に憶う父祖の地の春

春さればまづ咲くやどの梅の花ひとり見つつや春日暮らさむ　　山上憶良

春が来ればまっ先に、わが家の庭先に梅が咲く。それを一人で眺めながら、春の日を過ごしていることだ。——万葉歌人、憶良の梅を詠んだ和歌です。

和歌には長歌、短歌があって、長歌は早い時期に衰退しました。短歌部門が今も、一般に詠まれている現代短歌です。

和歌は、男女の愛の交換には欠かせない必須科目でした。歌の不得手な人は代作者に依頼し、恋の告白や求婚をしていたんですね。

実は憶良も、川島皇子（天智天皇の第二皇子）の代作をしていた時期があったようです。貴族、皇族の恋の駆け引きが盛んだった折に憶良は、家庭や子どもへの愛を歌う希有な社会派歌人でした。

万葉集には七八首が選歌されています。儒仏の思想に造詣が深く、漢詩、漢文など学識教養の豊かさで遣唐使随員に選任されます。その後は著しく出世を遂げ、首皇子《おびのみこ》（後の聖武天皇・東大寺を建立する）の侍講（教育係）や、伯耆守《ほうきのかみ》（現鳥取県）にも任ぜられました。

代表作を生み出したのは晩年、筑紫守に任ぜられてからです。民の貧しさや、重税に苦しむ暮らし向きを知ったのです。胸深くには灯が点されて、大伴家持とともに筑紫歌壇を形成します。有名な「貧窮問答歌」は、この時代に詠まれています。長歌なので一部分のみを記して憶良の琴線に触れてみましょう。

我よりも貧しき人の父は母は飢え寒ゆらむ
妻子どもは吟び泣くらむ
このときを如何にしつつか
汝が世は渡る

私より貧しい人の父母は飢えてどんなに寒いことだろう。妻や子は力なく泣くだろう。この時をどのようにしてお前は生計を立てるのだろうか。――筑紫守の身でさえ寒く、凌ぎ難い日々に民達の暮らしや、世の矛盾に思いを馳せるのですね。

憶良らは今は罷らむ子泣くらむそのかの母も我を待つらむぞ

憶良ども一行はこれでお暇致します。家では子どもが泣いているでしょう。その母も私を待っていることでしょう。――宴半ばで暇を乞う歌です。

一行とは憶良の従者を指しています。彼は、私的には山上巨と名乗っていました。これは小氏族の組織代表者で、部族長を意味する百済渡来人の姓とされています。父と共に渡来した一小氏族の身分から、遣唐使の任を終えて高級官僚までに上り詰めたのは、異例の出世なのですね。

生年は六六〇年の二世でしょう。梅の花を見上げつつ、憶良は遙かな父祖の地の春を想像したのかもしれません。

鳳仙花　種にこもる追憶

思いがけない包みでした。

封を開けると、大切そうに仕舞われた二つの封筒が現れました。一つには手紙、もう一つには花の種が。暫し思いを巡らし、ああと声を漏らします。

送り主は当時、A新聞社論説委員Sさんからです。A新聞日曜版「世界の花」シリーズで、韓国の花を取材するので、韓国の花を教えてほしいとの手紙をいただいたのでした。第一歌集『鳳仙花のうた』を一面コラムで、評価していただいたご縁があったのです。

迷うことなく、鳳仙花の曲が生まれた歴史背景を綴りました。韓国近代音楽の先駆者であり、バイオリニストでもある作曲家、洪蘭坡《ホンナンパ》さんのこと。三・一運動犠牲者の鎮魂に寄せて、日比谷公会堂でソプラノ歌手、金天愛《キムチョネ》さんが白い喪服姿で絶唱したことも。

彼は早速、韓国へ取材に。そして、帰国後にいただいたのがこの手紙なのです。

「洪蘭坡さんの生まれたところに『生家』が再現され、文化財として大切にされているのを見て来ました。その家の垣根の前に、たくさんの鳳仙花が咲いていていました。タネを少し持ってきました。(中略)韓国では人びとの情に触れ、楽しい旅でした。こんなにお世話になっていいのかなと思うほど、会う方々に親切にして頂きました」

さらに彼は、ロサンゼルスへ飛び立ちます。韓国で金天愛さんが、お元気との情報を得たのです。

彼女は現役の歌手として、ロスの教会で活動していました。思いがけなくも、遠い日本からの来客を喜び、心より歓迎します。もう一度、日比谷公会堂で歌いたい、そう言って願いを込めて「鳳仙花」を熱唱してくださったんです。

後日、彼は録音テープと花の種を携えて、はるばる私を訪ねて下さいました。Sさんは、想像とは遙かに違うんです。長身で日に焼けて、スリムなGパン姿でした。登山家か探検家に見えました。

宝物を扱うように、テープを聴かせて下さいます。彼女は歴史上でしか知り得ない人。なのに、ロスから届けられた歌声を聞けるなんて。これは夢なの？　もう胸一杯で、いつしか、涙を零していました。

二〇代でこの曲を知り、読めないハングルを一字ずつたどりながら、意味を知って泣いた日々がありました。若かったのでしょうか。いいえ、静謐な魂の美に揺すぶられる悲しみが、秘められていたからです。

第一歌集に花の名をいただいたのは、短歌人生のはなむけに寄せ、みずからに贈ったものでした。

四月がくれば、鳳仙花の種の蒔き時です。夢のまにま耳殻にそよぐ、ソプラノとあの日の涙を添えて蒔きましょう。

短歌4

18　black chocolate

愛の在処さがしあぐねて十字路にふたたびはなき　ブラックチョコレート

甘さなど煩わしいよ年ごとに増すビター味　ブラックチョコレート

あかときの朝露四つ葉のクローバーなにをささやくぬれて真緑

高きより鳥たちほしいままに飛ぶ　欲しいままに生きしことなき

地底よりひびく如月の風の音千手観音うかぶ　眠るたび

手の中のうごめく蝶をはなしやるどこなのあなたの辿りたき花は

忍びこむ露雫にかすむ野のみどり薄紙ほどをひれふし匂う

三十代をほどいて結えばさびしさやなつかしさや過ちの数々

おりおりに浮かぶ輪郭暁にめざめてさがす炎の痕を

憎しみよいえあやまちよさようなら魔性というは彩もたざりき

気が付けば無駄遣いばかりの人生は沈黙ふかし形見の腕時計

腕時計ネックレスしずかな化粧箱遠くみしらぬ地図さがしいつ

低空飛行の鳥たちの群れに背伸びする名残雪降りしきる夕べを

今日生きて今日の終わりにかの銀のスプーン果てなくしろい声色

さみしさは微熱の如し雲垂れてひとすじ洩れくる風よ冷ややか

枇杷の葉でつくる咳止立ちこめるにおいキッチンに這い始めては

病めば人のなぜに恋しき父ははよキミよ何してるん　今どこに

幻の繭玉に籠もる音のゆらぎ母の手指の太くなつかし

水キムチに浮かぶ白菜梨林檎春夏秋冬並ぶ卓袱台

ビターチョコに結ぶ細くて赤いリボン爪弾くように逢おうか　夜霧

ありなしのそれぞれの道にふたつ買うブラックチョコレート追憶のチョコレート

19　たわむ着地点

熊になり獅子になり蒼ふかき空の温みのままに浮く雲

雨脚うねる　ひるんで前のめり次々に吹きすさぶ真夏の空より

雲の彼方に雲潜む空どこまでも視えぬ歴史の着地点たわむ

強制連行でなければ免罪とする論理　弱者に苦いコーヒー今日も

貝になってねむるよ胸に通る風吹き寄せられる仕舞のはなびら

明日はくる日と呼べばあしたに谺して行方知らずの近代史まさぐる

うすあおき血潮のながれ追えばさみし空気からめてたわむ鎮めめる

鍔《つば》ふかく終わりの夏の陽の下をゆきもどる　さようなら想い出たちよ

うすあおき血の流れ追えば蘇る体温は空気をからめて撓《たわ》む

風邪に伏す昨日も今日も夏隠《なつごもり》いつより虫の音の透きとおる

野の隅に薄が穂をだす走り書きの葉書ポストにしずむしずかに

夕暮れはたゆたいながら鰯雲のむらさきの層くずしてかよわく

綾目なす夕空塒《ねぐら》を指す群れが点となるまで手を振りあるく

少年にもどってあなたが鳥の名をレクチャーす口許を風が撫でるよ

誰か呼ぶ彼方のこえにふりむけば鼓膜にささやく夕べの夢が

ひとなみに涙はあると知りしかばきみのなみだよ愛しくかなし

人のみに与えられし言の葉涙詩歌追悔数えて更ける

いつもの辻にいつもの野菜売りが来るキャベツが重い朝露にぬれて

はしはしと剝けばキャベツのあおき音指にふれくるたびにつめたく

うしないしもののひとつに路地に咲く紫苑《しおん》を植えてた父の太い指

ひとすじの風の軋みの空間に背後にながれる月日はるかな

どうしてる　みんなみんなどうしてる歌えぬ日々に無数のきらめき

好き嫌いキライすききキライくり返す夜半の水面さざ波やまぬ

本当は一度も誰も思わぬまま一月二月捲るはカレンダー

遡る魚ありさかのぼるすべなきにながされ何処へゆくのか人も

20　あてなき日々に口ずさんで

見たかったキミの胎内記憶画像あおぞらかなし春まさびしき

かなしさにあてなく野路をぬれてゆくひかりのなかをきらめく朝露

朝露に記憶の端をたぐりよせ空《くう》のはてまで呼びかけてみる

미《ミ》워《オ》도《ド》 다《タ》시《シ》 한《ハン》번《ボン》 南珍《ナムジン》の唄口ずさむあてなき日々は

†미《ミ》워《オ》도《ド》 다《タ》시《シ》 한《ハン》번《ボン》 憎くてももう一度
†南珍《ナムジン》 歌手名

갈《カル》매《メ》기《ギ》 비《ピ》둘《ドゥ》기《ギ》 口ずさんではひとり描く約束は飛ぶ鳥のかなた

†갈《カル》매《メ》기《ギ》 鷗
†비《ビ》둘《ドゥ》기《ギ》 鳩

青灰色に鷗《カルメギ》群れて飛翔するいずこの空へ旅立つものか

水底に墜とした秘文すくい上げ波立つこえごえ耳朶にからみ来《く》

姿絵のような青葉をそよがせて鳥をさそうよ　身もさそわれる

紅蕪むらさき玉葱手にのせてうす紙めくるように触れいつ

風に追われ青葉露にぬれるモリカラをかきあげるとき過ぎてゆく日は

†モリカラ（머리카락）髪

呼びかけて応えぬ無数の影ゆれるしずかにゆれる足下ゆれる

ものいわぬあなたの唇夜半醒めて忍び来る春はさむざむ

マイナスの朝が続いて梅の木に泡雪ほとりのせて笑みやわらかし

あかときの露はともしび粒ごとに微熱ひそめてどこまでつづく

距離感のひらく時間をもてあます記憶現実ゆきかう須臾《しゅゆ》を

丸干し大根今宵のご馳走しなやかな　噛みしめるほどに拡がる悔いか

内府に浸みいる盆地の朝露指にそわすともしびひかる

＊

＊

＊

沈黙に今を閉じゆく星明かりわかれの曲のひびく空間
たまさかに仰ぐ夕暮れむれる星宙をすべって残る残像

耳朶ゆ去る人の足音からみあう別れの歌はブルース　アンニョン

歳月は木の葉になって足許に散りゆく　うすみどりを恋いつつ

生は死から死は生ゆえに絡みくる果てにて映る輪郭あまた

太陽の欠片《かけら》をあびる窓の外《と》に解《ほど》けぬままの傷跡いくつ

歳月は待てば遠のくふり向かむ日々は零れるきれぎれ　木の葉が

青嵐しぶき縦横にシャツぬらす空みるひとの声ながれゆく

ながれさる面影ゆれて木の葉に舞う　遠のくばかり歳月というは

＊
＊
＊

女《め》男《お》峠すぎつつみれば戻りえぬひとすじの路に迫る夕日よ

宵ごとに零すほほえみウインクは涙のかわり魚をおよがす

三人《みたり》逝く　ふり向くほどに彩もたぬ花はそれでも咲いては散って

たおれたき想いに遠くまたちかく雨降る夜更けのはてなき扉

手ざわりに水位ありmemoのペンの痕針葉樹ひそやかな樹よ

木の葉にはなれない昨日今日明日ただまつばかり夕闇のなか

目覚めてはナミダしみゆく水眩むカーテンに映る過去限りなき

空占めて一面の蒼に瑕疵ひそむてのひらに墜ちてくるまで　数秒

果てもなく響動《とよも》しては戻りこぬ日々のさざ波　ただ揺れるしか

生きるは旅かあてなき旅かセサミオイル肌にすりこむひとり小夜更け

終章　夢十夜

蝙蝠の飛びたつころか速度もち耳にあつまる風のこえ森のこえ

夢一夜三夜五夜人生の春ゆきしまま　あさって十夜

夢殿の千一夜額髪《ぬかかみ》にふぶく神話のはじめの夢殿

はるかなり空のかなしみ吸うために一本の管となり奏でるview

＊　＊　＊

歳晩をふぶく街角ポインセチアはわたしに買われたくて真っ赤ね

冬がくる長靴《ブーツ》の底ゆ冬がくるこれから辿る町は砂嵐

わたくしは冬の旅人《ナグネ》よ　森陰をよぎって春のアドレスさがす

羅《うすぎぬ》のうすみどりのチマ、チョゴリ Christmas の風にひるがえし逢う

窓辺にはあの日のしずく星屑のひかりを肩におどるわ waltz

あの頃にであっていたら　いえ人も時間ももどらないから素敵で

さがしているのは春の地図真っ赤な郵便受けが口をひらいて

月曜の朝《あした》夢前案内図配達夫は寡黙にして急ぎ足

春は永遠《とわ》に待つものふりむく須臾花びらの思惟散らす風の濃淡

流れ雲ゆみおろしているのは誰　風を透り抜けていくのは誰

ただ無心にひとつぶの明日にであうため一昨日《おとつい》昨日みなわすれます

わたくしの川ゆたかなれ失いし言葉の蕾ながれつくまで

彷徨夢幻　あてなくさまよって——あとがきに代えて

방황몽환《パンファンモンファン》　정처없이《チョンジョオッシ》　헤매면서《ヘメミョンソ》

이정자《イチョンジャ》

初恋の相手が人とは限りません。

私の初恋は中学二年生の二学期になって間もなくのことです。

国語の時間、それは短歌で年に二回しか授業がありません。もっとあればいいのに。なぜかしら胸がときめくのです。

放課後図書室に行き、短歌の本を探したのですが、まったく見当たりません。仕方がないので今日習った歌をくり返しては読みました。

高校生になり、上野まで乗り合いバスに乗って通学しました。バスセンターにはいろいろなお店があり、書店もありました。短歌の本を探すと、あっ、ありました、ありました。父母には月謝と通学定期代を貰うのみで必要な物は都度に貰っていたので、自由になるお金がなく、立ち読みします。そして、頭の中に押し込みました。

そんな日々をくり返すうちに自分で歌いたくなったのです。

でも、何をどうすれば歌になるのか、わかりません。指を折り、五七五に揃えるので精一杯です。歌になっているのかどうなのか、尋ねる人もいないので朝日新聞に投稿してみました。思いもかけず、それがトップ入選したのです。選者は戦後短歌を牽引し『未来短歌会』を興した故・近藤芳美先生です。幾度も幾日も確かめながら新聞を見ていました。


　はじめてのチョゴリ姿に未だ見ぬ祖国知りたき唄くちずさむ　香山正子

二十歳になった年の三・一《サミル》記念日に出席するため、父母が贈ってくれたチマ、チョゴリです。

日本の植民地支配に苦しめられていたころ、民族代表三十三名がソウルのパゴダ公園（서울　파고다공원）で民族衣装を纏い、独立宣言をしました。つまりここが、三一節《サミルジョン》の発祥地です。

一八九〇年代に西洋近代建築なされた公園から、やがて閑かに強く全国的な運動に拡散するのです。日本は鎮圧のため軍隊が派遣し、丸腰の市民七五〇九名が命を落としました。

父母は毎年記念日に参加していました。母に着せてもらったときの時めき。ピンクの花模様姿で、鏡の前でポーズをとります。うれしくてそのまま外に飛び出しました。見て！　見て！　チョゴリきれいよ、私に似あうっ！

パゴダ公園での経緯など知らずに、ただ美しいことがうれしくて駆けまわっていました。

当時は日本名でした。故に日本人に思われて、後から事実を伝えます。それが、いつも気が重く苦痛になっていたのです。韓国人が何で日本名？　とても不思議でした。

三重県上野市（現伊賀市）に生まれたのですが、小学一年生の二学期に阿山村（現伊賀市）に転居しました。一家は上野市で綿工場をもっていて、庭に大きな井戸があったことを記憶しています。阿山村でも父は綿打仕事、母は布団座布団を仕立てていました。転校して翌日から突然、私への虐めがはじまります。

チョーセンジン、チョーセンへ帰れ！

チョーセンジン米食べるな！　砂食べろ。

大勢のわんぱく達が通学帰りに毎日待ち伏せして、いっせいに石を投げつけます。

とにかく逃げるのが精一杯です。意地っ張りなため、彼らの前では泣きません。でも、母の顔を見ると堪えていた涙がどっとあふれます。

父母は私が泣いて学校へ行かないと言っても、けっして認めません。

日本人と何処がちがう？　一緒やで。

なんで泣く、何が悲しい？

決して妥協しない父母の姿勢です。

父は戦後間もなく在日韓国人の失業対策とし天神さんの横の空き地に闇市を築きました。当時出店していたのは大方が在日です。その頃は在日という呼称はされていませんでしたが。今、その地は天神商店街マーケットとなっていて日本人が出店しています。天神祭りの頃はそこに露天が所せましと立ちならんで、お好み焼きや林檎飴を売っています。

やがて父は民団上野支部を創立し初代団長になります。母は婦人会会長です。二人はとてもアクティブでした。

でも、なぜ虐められるのか。知らないことで反論できず、口惜しく歯ぎしりするばかりです。

それからいつしか日韓近現代史を買って読むようになります。いろんな事実がみえてきます。韓国人としてどう生きればいいのか。韓国人って何？　そういう思いの前に忽然と短歌が現れます。

選者の近藤芳美先生は新聞短歌欄で知るのみの未知の人です。それがトップに取っていただいて、はじめて日本人に理解してもらえたと、うれしくまた驚きました。

短歌の持つ不思議な力を感じました。胸底の気持ちは、短歌でなくては表せないと思いました。

自身にも他者にも嘘がつけないのが、短歌です。日常から拾いあげるさまざまな暮らし、ちいさい世界の底ふかい泉なのです。

しばらくは新聞投稿で入選することで満足していました。近藤先生主宰の『未来短歌会』に入会したのは三十四歳だったと思います。入会すると、先生に「歌集出しなさい」と言われ、返事ができません。入会して一年目です。返事ができないまま一年が過ぎ、二年目の夏の東京大会で、先生に再び歌集を出すようにと促されました。「まだ二年目ですが」と言うと、先生は少し声を大きくします。

「今出さないでいつ出すの！　今だよ」

そうして、作品選歌、編集、構成等すべてがわからないままの手探り、見よう見まねで取り組みました。当時はパソコンもなく手書きです。喫茶店を経営していたのですが、店が閉まった夜更けから選歌をはじめると、昼の疲れが襲ってきてそのままテーブルで伏せて眠ったこともあります。

何とか出版に漕ぎつけたのは四ヶ月目のことです。そこで悩んだのはタイトルをなんとしようかと。まったくわかりません。そうして名づけたのが『鳳仙花のうた』でした。

韓国最初の西洋のリズムを取り入れた歌曲が『鳳仙花　봉선화《ポンソンファ》』です。作詞者は洪蘭坡（홍난파、ホンナンパ。一八六七―一九四一。バイオリニスト）です。

三一節の知らせを知ったのは、彼が東京音楽学校に留学していた折りでした。愛用のバイオリンを売り、故国で独立運動に加わります。実家の近くに教会があり、

朝夕に教会のオルガンの調べを聴きながら過ごしたようです。楽聖と呼ばれ、近代音楽の先駆者でした。そして生まれたのが『哀愁』、のちの『鳳仙花』です。詩を付けたのは声楽家の金亨俊（김형준、キムヒョンジュン）です。五年後のことでした。

単に花の歌のように思われますが、植民地支配への抵抗歌なのです。はじめは日本の政府は見抜けずに、やがて花の歌ではないことを知られて、彼は監視され神経を患い亡くなります。

鳳仙花は薔薇のように華やかではありません。けれど、どこかの未知の地に風に流されてもしっかりと根を張る不屈の花です。人々に愛唱され、励まされて、津々浦々に歌声が流れます。私は何度も歌を聴いていました。

これだ！　これにしよう！　そして今も折おり口ずさみます。

一番は鳳仙花と戯れる乙女、二番は秋が来て鳳仙花が散ってゆきます。三番が歌の核になります。

北風　氷雪　氷雨に　君《キミ》の姿はなくなっていても
平和を夢見る君の魂は　ここに存在しています。

麗らかな春風に　君が蘇ることを願うのです。（意訳　李正子）

亡国の苦難から立ち上がり、亡き人の蘇生を希み、新たな時代へ踏みだそうとする歌なのです。

북풍한설 찬바람에　네혀체가 없어져도
（プップンハンソル　チャンパラメ　ノヒョンジェガ　オッソジョド）
평화로운　꿈을꾸는 너의혼은　예있으니
（ピョンハロヌン　クムルクヌン　ノエホニ　イエイッスニ）
화창스런　봄바라에 환생키를　바라노라
（ファンチャンスロン　ポンパラメ　ファンセンギル　パラノラ）

歴史に残る曲というのは多くありません。民衆が鳳仙花に強い意思を持って歌っていたのです。亡国の民ではなくなる日を信じながら。

鳳仙花は日本では爪紅《つまくれない》とも呼ばれています。韓国では、秋に鳳仙花の花びらで染めた爪が初雪の降るまで残っていると初恋が実る、と言われています。

乙女たちに恋われていたのでしょう。鳳仙花の花弁で爪を染める乙女たちの姿が見えるようです。

たまたま後記を書いていて、ネットで「鳳仙花二題」というブログに出逢いました。そこには洪蘭坡氏と私の二つの鳳仙花について書かれていたのです。私などとあまりに釣り合わないのでとても恥ずかしく、またうれしく思いました。『鳳仙花のうた』は思いもかけず四刷まで進みました。連日全国から手紙が届きます。無名の私に。その時、近藤先生を思い出しました。今出さないでいつ出すの！

あれからどれだけの歳月が流れたのでしょう。ときに優しく、ときにつれなく、ときには黙して、唯すり抜けて行く歳月。

予期できず長男を亡くし、振り向いては空白、暗黒の許で立ち続けるしかなかった日々。

これで生きてゆけるのか、彷徨する旅路の果ての夢幻のともしびに慰められた日々。

歌が詠めない日々。

眠れぬまま夜の果ての挽歌はどこにも掲載していません。私と二人きりの最後の会話だからです。永遠の三十七歳は、永遠の雲の懐へ仕舞います。夢幻に波うち照らし続けます。

それからどれ程の月日を要したのか、すこしづつ歌えるようになり、幾首かをここに収めました。いつまで歌い続けられるのかわかりませんが、命ある限り続けられるなら……。

かたわらに歌のある暮らしは日本に生まれた所以《ゆえん》です。そして、『鳳仙花』の所以でもあるのです。

二〇一七年三月

李正子

［著者］

李 正子（イ・チョンジャ）

1947年、三重県伊賀市（旧上野市）に生まれる。65年、三重県立上野高等学校卒業。中学校時代に短歌と出会い、二十歳頃から作歌を始める。2005年、韓日友情四十周年記念国際フォーラム（於・京都国際会館での韓国時調詩人、日本短歌歌人との競演）に出演。在日韓国人歌人として初めて、作品が日本の中学高校の教科書に採用される。

〈著書〉

1984年、歌集『鳳仙花のうた』（雁書館、絶版、1984年）。歌集『ナグネタリョン――永遠の恋人』（河出書房新社、1991年）、『ふりむけば日本』（河出書房新社、雁書館刊『鳳仙花のうた』を織り込んだエッセイ集、1994年）、歌集『葉桜』（河出書房新社、1997年）、『鳳仙花のうた』（影書房、『ふりむけば日本』を底本とした増補版、2003年）、歌集『マッパラムの丘』（作品社、2004年）、『在日文学全集17』（共著・勉誠出版、2006年）、歌集『沙果、林檎そして』（影書房、2010年）。

彷徨夢幻《ほうこうむげん》

二〇一七年五月一〇日　初版第一刷

著　者　李正子《イチョンジャ》

発行所　株式会社　影書房

〒170-0003　東京都豊島区駒込一―三―一五

電　話　〇三（六九〇二）二六四五

ＦＡＸ　〇三（六九〇二）二六四六

E-mail = kageshobo@ac.auone-net.jp

URL = http://www.kageshobo.com

〒振替　〇〇一七〇―四―八五〇七八

本文印刷＝スキルプリネット

装本印刷＝アンディー

製本＝壺屋製本

© 2017 Lee Jungia

落丁・乱丁本はおとりかえします。

定価　二、〇〇〇円＋税

ISBN978-4-87714-473-9

李正子《イチョンジャ》著

鳳仙花《ポンソナ》のうた

民族と出会いそめしはチョーセン人とはやされし春六歳なりき――短歌との出会いを通して自らのアイデンティティを獲得していった一人の在日朝鮮人女性が、歌とエッセイで綴る名著増補版。　四六判 283頁 2000円

多胡吉郎 著

生命《いのち》の詩人・尹東柱《ユン・ドンジュ》

『空と風と星と詩』誕生の秘蹟

日本の植民地期にハングルで詩を書き、「詩によって真に生きようとした」尹東柱。元ＮＨＫディレクターが、日本における詩人の足跡を丹念に辿り、いくつかの知られざる事実を明らかにしつつ、また遺稿や蔵書を読み解きながら、その人、その文学の核心に迫る。　四六判 294頁 1900円

朴春日《パクチュンイル》著

古代朝鮮と万葉の世紀

朝鮮と日本の数千年におよぶ善隣友好の歴史的関係の源流ともいうべき、世界に類例を見ないアンソロジー『万葉集』全20巻は、いかにして成立したか。在日の研究者による半世紀に及ぶ研究成果。　四六判 241頁 2500円

李信恵《リシネ》著

#鶴橋安寧

アンチ・ヘイト・クロニクル

“ネトウヨ”・レイシストらからのヘイトスピーチの集中砲火にさらされ、ボロボロになりながらも、ネットでリアルで応戦しつつ、カウンターに裁判にと疾駆する著者。その日々の活動記録に、在日の街と人の歴史を重ねた異色のドキュメント。　四六判 262頁 1700円

金子マーティン 著

ロマ 「ジプシー」と呼ばないで

ナチスによる大量虐殺、戦後もつづいた迫害・差別と貧困。あたりまえの人権を求めて立ち上がった、「ジプシー」の蔑称で呼ばれたロマ民族のほんとうの姿とは。歴史的背景と現在の問題を追う。　四六判 256頁 2100円

〔価格は税別〕　影書房刊　2017.5 現在